RENEWALS 458-4574

A la orilla del viento...

Puga, María Luisa
    A Lucas todo le sale mal / María Luisa Puga ; ilus. de
Stefanie Schikora. - México : FCE, 2005
        24 p. : ilus. ; 19 x 15 cm - (Colec. A la orilla del viento)
        ISBN 968-16-7741-2

    1. Literatura infantil I. Schikora, Stefanie, il. II. Ser III. t

LC PZ7   Dewey 808.068 P683a

Primera edición en español: 2005

D.R. © 2005, Fondo de Cultura Económica
Carr. Picacho-Ajusco 227,
Col. Bosques del Pedregal,
14200, México, D.F.

Coordinación editorial: Miriam Martínez y Eliana Pasarán
Dirección artística y diseño: J. Francisco Ibarra Meza

www.fondodeculturaeconomica.com
librosparaninos@fce.com.mx

ISBN 968-16-7741-2

Impreso en México / *Printed in Mexico*

Tiraje: 5 000 ejemplares

A Lucas
todo le sale mal

María Luisa Puga

Ilustraciones de
Stefanie Schikora

FONDO DE CULTURA ECONÓMICA

¿Quién es Lucas?

◆ Es el hijo de mi vecino. Tiene diez años y quiere ser astronauta. Lo viene diciendo desde los seis. Tal vez porque ve todas las películas del espacio que puede. Lo malo es que a Lucas todo le sale mal, todo. Si se sirve agua, se le cae. Si se compra un chicle, tira el chicle en lugar de la envoltura. Cuando juega futbol, en lugar de patear el balón le pega a una piedra.

Pobre Lucas, siempre trae curitas por todos lados, o vendas, o manchas de mertiolate.

Sus papás le dicen: "Mejor no seas astronauta, m'ijo, porque con tu suerte en lugar de llegar a la luna vas a llegar al sol y te vas a achicharrar.

Cuando seas grande podrías ser pianista, estamos seguros de que con un piano nada te puede salir mal".

Lucas busca un amuleto

◆ No se lo dijo a nadie porque pensó que si lo contaba le iba a salir mal. Su plan era el siguiente: caminar por la banqueta y contar hasta veinte. Detenerse en ese momento y recoger lo primero que viera, lo primero excepto una caquita. Seguro que con su suerte eso sería lo primero que encontraría. De manera que eso no, pero lo que halló fue una corcholata. No estaba tan sucia, hasta eso. A lo mejor podría servirle.

La lavó muy bien ¡y no se le fue por la tubería! Buena señal. Después la secó con una toalla, ¡no le hizo ningún agujero! Ahora venía la prueba de fuego: comprar un modelo de

nave espacial para armar. Si no se le rompía ninguna pieza querría decir que el amuleto funcionaba. Lo armó y nada se rompió. Pero no

sólo eso, ya había pasado toda la semana y no se había tropezado ni una sola vez. Traía la corcholata en la bolsa de la camisa.

Lucas se dedica a probar su amuleto

◆ En la escuela lo primero que hizo fue lo que más miedo le daba: cruzar el patio corriendo. Antes de que tuviera la corcholata, siempre, siempre se caía; esta vez no, y hasta sus compañeros le aplaudieron. Lucas les dijo con una gran sonrisa: "Creo que sí voy a ser astronauta, no pianista. Miren mi nave, la armé ayer y no se le ha roto nada. Vamos a probarla". Todos los niños lo rodearon con algo de miedo pues más de una vez las naves de Lucas les habían explotado en la cara. Pero ahora no. La nave despegó con elegancia, se elevó muy alto y luego comenzó a descender. "¡Háganse para atrás, yo la voy a cachar!", exclamó Lucas. "¡No, Lucas, no! ¡Te va a caer en la cabeza!" "Ya verán que no." Alzó los brazos y la nave aterrizó suavemente en sus manos. Los niños volvieron a aplaudir. "¡Se te acabó la mala suerte, Lucas! ¡Bravo!"

Lucas estuvo a punto de enseñarles la corcholata, pero lo pensó mejor y no dijo nada. Ese día no tuvo un sólo accidente.

Descubren el amuleto de Lucas

◆ Lucas comía contentísimo. No se le había caído nada, ni siquiera una cuchara. Sus papás no se habían dado cuenta hasta que lo vieron servir el agua de limón. "¡Ni una gota derramó!", exclamó su padre. "Pero ven acá, m'ijo", lo llamó su mamá. Lucas se acercó y la mamá metió la mano en la bolsa de la camisa: "¿Qué es esto? ¡Una corcholata! ¡Ay, m'ijo!, ¿qué haces con una corcholata vieja?" Se levantó y la tiró en la basura. Lucas estiró la mano para tratar de alcanzarla, pero no dijo nada. Acabó de comer y se fue a su cuarto. Subió las escaleras con cuidado para no tropezarse. Se fijó muy bien en la alfombra de su cuarto para no pisar al gato. Se recostó en la cama despacito para no pegarse con la cabecera. Se quedó dormido.

El sueño revelador

◆ Lucas soñó que estaba durmiendo en su cuarto, pero que se levantaba para ir al baño. Su cara en el espejo redondo le decía: "Lucas, no necesitas un amuleto de la suerte. Sólo tienes que poner atención. Y no te preocupes si a veces tienes un accidente, no es mala suerte. A todos nos pasa. Sigue durmiendo y cuando despiertes acuérdate de tu cara en el espejo redondo".

Cuando Lucas despertó, lo primero que hizo fue verse en el espejo del baño. Sólo que el de su baño no era redondo, sino cuadrado.

Desde entonces jamás volvió a sentir que tenía mala suerte.

A Lucas todo le sale mal,
de María Luisa Puga, núm. 178,
de la colección *A la orilla del viento*,
se terminó de imprimir en los talleres de Impresora
y Encuadernadora Progreso, S.A. de C.V. (IEPSA),
Calzada de San Lorenzo núm. 244; 09830, México, D. F.
durante el mes de agosto de 2005.
Tiraje: 5 000 ejemplares.